A Tonia, quien me salvó la vida.

OLIVIA FORMA UNA BANDA

Spanish translation copyright © 2007 by Lectorum Publications, Inc.

Originally published in English under the title Olivia Forms a Band

Copyright © 2006 by Ian Falconer

Band image of Bowling Green High School

marching band copyright © Michael Coomes

Published by arrangement with Atheneum Books for Young Readers, an imprint of Simon & Schuster Children's Publishing Division, New York.

For permission regarding this edition, write to Lectorum Publications, Inc., 557 Broadway, New York, NY 10012.

Written and illustrated by Ian Falconer

Book design by Ann Bobco

Translation by Teresa Mlawer

The text for this book is set in Centaur.

The illustrations for this book are rendered in charcoal and gouache on paper.

ISBN-13: 978-1-933032-23-8

ISBN-10: 1-933032-23-5

Printed in Italy

10 9 8 7 6 5 4 3 2 1

Library of Congress Cataloging-in-Publication Data

Falconer, Ian, 1959-

[Olivia forms a band. Spanish]

Olivia forma una banda / escrito e ilustrado por Ian Falconer ; traducido por Teresa Mlawer.

  p. cm.

Summary: When Olivia learns that there will be no band at the evening's fireworks display, she decides to form one of her own, with herself as the only musician and some rather unusual instruments.

ISBN-13: 978-1-933032-23-8

ISBN-10: 1-933032-23-5

[1. Bands (Music)--Fiction. 2. Pigs--Fiction. 3. Fireworks--Fiction. 4. Spanish language materials.] I. Mlawer, Teresa. II. Title.

PZ73.F3233 2007

[E]--dc22

2006029783

OLIVIA
forma una banda

Escrito e ilustrado por Ian Falconer
Traducido por Teresa Mlawer

LECTORUM
.PUBLICATIONS INC.
a subsidiary of Scholastic Inc.
New York

Olivia no encuentra la pareja de la media roja.

—¿Qué te pasa? —le pregunta su mamá.
—No encuentro la otra media —contesta Olivia.
—¿Y qué pasa con todas esas medias rojas?
—No van con ésta.

—¡La encontré!

La mamá de Olivia prepara la cesta
de la merienda.

—Quiero que estén todos listos a las
siete para ir a ver los fuegos artificiales
—dice ella.

—¡Y la banda! —grita Olivia.

—No creo que haya banda
—le dice su mamá.

—Pero no puede haber fuegos artificiales sin música
—explica Olivia.

—¡Ya sé!
¡Nosotros seremos
la banda!

—De acuerdo —dice Olivia—. ¡Yo seré la banda!

—¿En qué banda estás
pensando?
—le pregunta
su mamá.

—En una banda
para los fuegos
artificiales,
por supuesto.

—Pero, cariño, una sola persona no forma
una banda —le explica su mamá.
—¿Por qué no?
—Porque la palabra *banda* significa más
de una persona, y una banda tiene que
sonar como si tocaran varias personas.

—Pero, mami, hoy mismo me
dijiste que yo sonaba como
cinco personas a la vez.

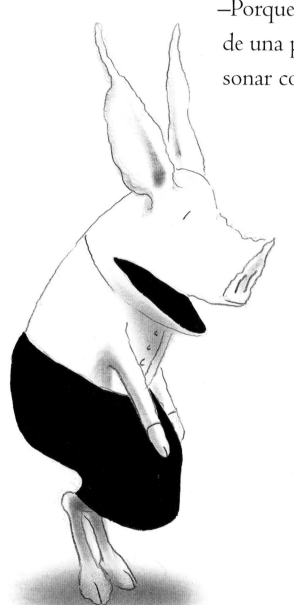

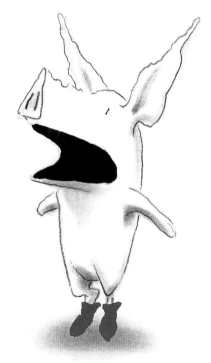

Durante todo el día Olivia busca las cosas que necesita para formar una banda.

–Gracias.

–Gracias.

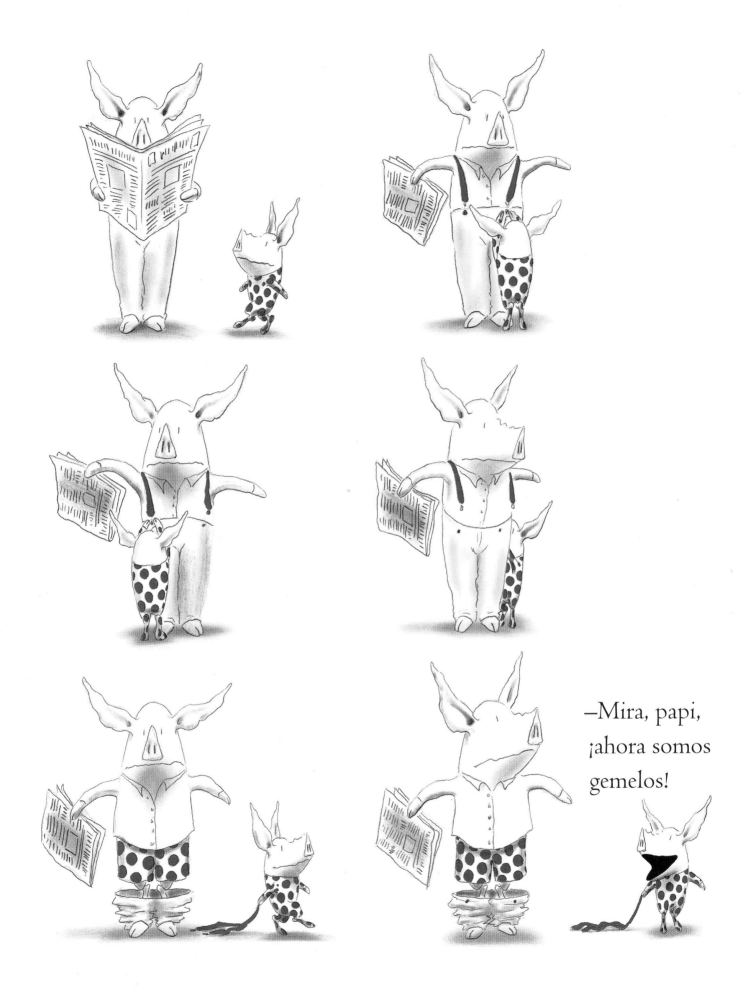

—Mira, papi,
¡ahora somos
gemelos!

Por fin lo tiene todo.
Ahora sólo le falta elegir el uniforme perfecto.

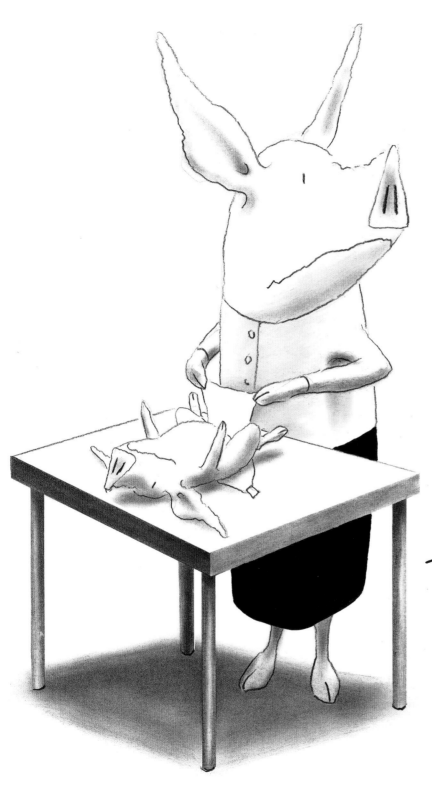

Y mientras Olivia ensaya, todos están de acuerdo
en que efectivamente *suena* como si tocaran varias
personas a la vez.

TING
PANK PINK PONK
FUIIII
DONG
BOOM
CLANG
TING
FUIIII
TING
TOINK
TING
CLANG
DING
BOOM
DING
DONGGG

Para Olivia, su banda es perfecta.

Tempo marziale.

A las siete en punto, la mamá de Olivia
intenta que todos suban al auto.
—Olivia, ¿no vas a llevar tu banda?

—Mejor no.

–De acuerdo, pero no te olvides de dejarlo
todo recogido.
–Está bien, mami.
–Y ahora, ¿adónde vas?
–A maquillarme –contesta.
–Está bien, cariño, pero date prisa.

¿Qué tal me veo?

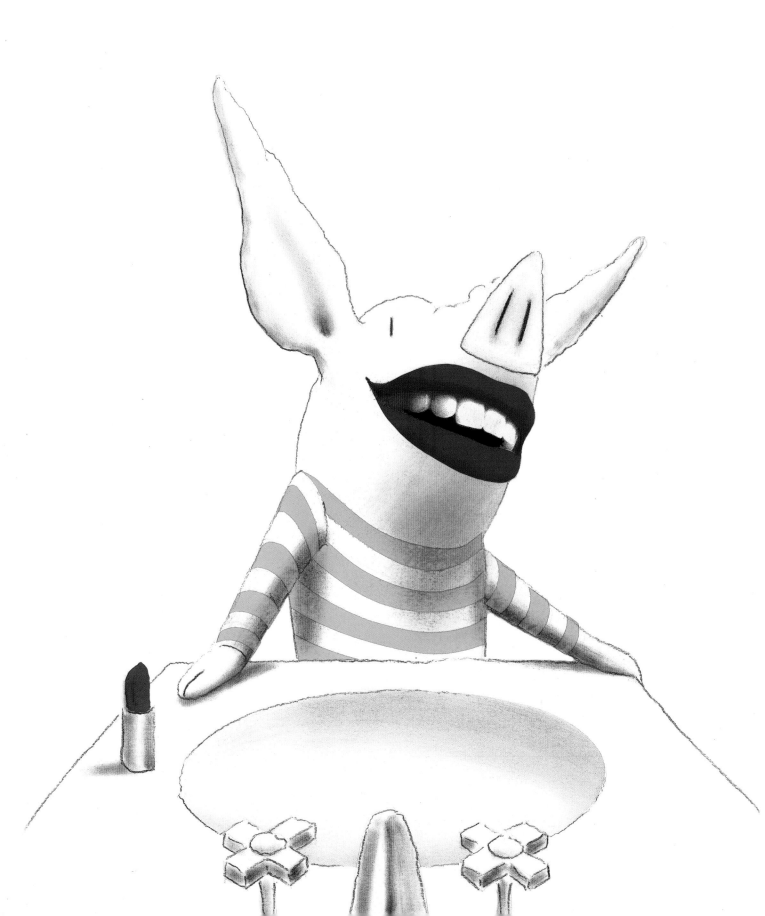

–¡Preciosa! ¡Pero límpiate
ahora mismo esa boca
y vámonos!

Tan pronto llegan al parque...

Olivia dice:
—Mami, tengo
que ir
al baño.

Y luego
Ian dice:
—Mami, tengo
que ir
al baño.

Y William ni siquiera avisa.

El sol se pone y se sientan a comer sándwiches, maíz, fresas y sandía.

—¿Cuándo empiezan los fuegos? —pregunta Olivia.

—Tan pronto oscurezca —le explica su mamá.

—¿Y cuándo va a oscurecer?

—Pronto, cariño.

—¿Ya es de noche? —pregunta Olivia.

—Casi. Ten paciencia.

—Y ahora, ¿ya es de noche?

Por fin empiezan
los fuegos artificiales.

Y son realmente hermosos.

Es muy tarde cuando vuelven a casa.

—Vete a la cama, cariño.
Esta noche no habrá cuento.

—¿No me vas
a dar un beso de
buenas noches?

—Ya voy… y no te olvides de guardar las cosas de tu banda.

Una vez que Ian y William están acostados, la mamá entra de puntillas en la habitación de Olivia...

KINNK
PING
CRASH
THUD
TONG
TING
TANG
OOONK
KLANG
POINNNNGG
THUMP
PRIIINGG
CRUNCH
BOOOMP

—OLIVIA, ¿no te dije que guardaras los instrumentos de la banda? ¡Casi me rompo el cuello!

Pero Olivia ya está dormida.

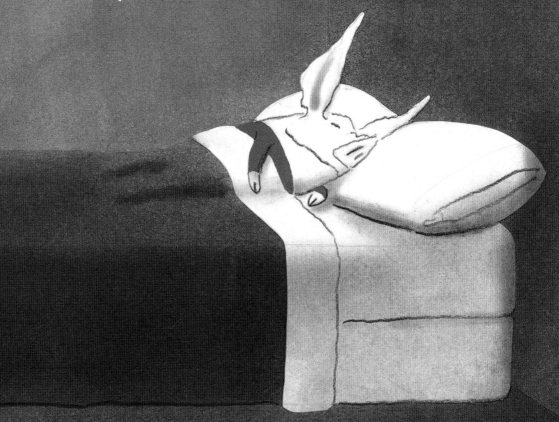

Fin